Yc.

3980

Yc.   3940

ODE

A

MONSEIGNEVR

LE CARDINAL

DVC DE RICHELIEV:

A PARIS,

Chez IEAN CAMVSAT, ruë S. Iacques, à la Toyson d'or.

1636.

ODE

A

MONSEIGNEVR

LE CARDINAL

DVC DE RICHELIEV.

A PARIS,

Chez IEAN CAMVSAT, ruë S. Iacques, à la Toyſon d'or.

1636.

A MONSEIGNEVR
le Cardinal
DVC DE RICHELIEV

O D E.

ILLVSTRE ornement de l'Eglise,
ARMAND Heros tout glorieux,
Le Sort tantost nous fauorise,
Tantost nous est injurieux:
A peine le calme nous flatte,
Qu'vn orage aussi tost esclatte,
Qui change nos beaux jours en nuicts;
Et le Ciel par diuerses voyes,
Fait que nous voyons à nos joyes
Succeder toujours des ennuis.

De quelque addreſſe non commune
Qu'vn grand homme ſoit reueſtu,
Il ne peut forcer la Fortune
A ſuiure toujours la Vertu:
Le malheur armé de tempeſtes,
Fait des plus glorieuſes teſtes
Souuent l'objeƈt de ſon courroux;
Ainſi que l'on voit le Tonnerre
Des plus hauts rochers de la Terre
Faire la bute de ſes coups.

De tes qualitez ſingulieres
Qui t'ont rendu cher à LOVIS,
Sortoient de brillantes lumieres,
Dont les yeux eſtoient eſblöüis,
Lors que cette aueugle Deeſſe,
A qui noſtre molle foibleſſe
Offre en vain des vœux tous les jours,
T'obligea de quitter la France,
Qui dans ſon extreme ſouffrance
N'auoit d'eſpoir qu'en ton ſecours.

Heureuſe cent fois la Prouince,
Où meſme auec eſtonnement
On ne te vit que pour ton Prince
Regretter ton eſloignement;
Le deſplaiſir durant l'orage
N'imprima point ſur ton viſage
Les traits d'vne laſche douleur:
Ton ame ſe tint toujours ferme,
Et ſans trouble attendit le terme
Qui deuoit finir ton malheur.

Quand le calme laiſſe vne flotte
Ioüer en repos ſur les eaux,
Qui peut juger ſi le Pilote
Sçait l'art de mener les vaiſſeaux?
Pour connoiſtre ſon induſtrie
Il faut que Neptune en furie
Porte l'horreur deuant ſes yeux;
Et que les vents de leurs haleines
Renuerſant les humides plaines
Eſleuent les flots juſqu'aux Cieux.

Le long cours d'vne heureuse vie
Corrompt les Esprits les plus sains
De quelque genereuse enuie
Qu'ils se portent aux grands desseins:
C'est seulement dans les trauerses
Qu'on donne des preuues diuerses
De la fermeté d'vn grand cœur;
Et tant que dura ta disgrace,
Le tien qui tout autre surpasse,
Fit voir sa constante vigueur.

Mais quoy? la Fortune publique
Ne pouuoit endurer long temps
Que cette auanture tragique
Nous empeschast d'estre contents:
Nostre GRAND ROY que ton merite
A t'aymer justement inuite,
Te r'appella dans le Conseil,
Où tes qualitez nompareilles
Ont produit de telles merueilles,
Qu'on ne peut rien voir de pareil.

Cette souueraine Puissance
Qui s'estend dessus les Esprits,
Ioignit à ta grande naissance
Vn tiltre qui n'a point de prix.
L'Eglise pour Prince t'aduoüe,
Et la Fortune qui se joüe
De ce qu'adorent les mortels,
A tes vœux contraire & propice,
T'ayant creusé le precipice,
Te fait esleuer des Autels.

Nostre siecle n'a point veu d'homme,
Quelque aduantage qu'il ayt eu,
Dont l'Auguste Pourpre de Rome
Ne puisse payer la vertu;
C'est la plus illustre des marques
Que peut la faueur des Monarques
Donner au merite d'autruy;
Mais le tien que nul ne seconde,
Ne voit rien de grand dans le monde
Qui ne soit au dessous de luy.

L'Herefie aux Sceptres funefte,
Faifoit toujours quelque attentat,
Quand d'vne fi cruelle pefte
Mon Roy voulut purger l'Eftat:
Mais les Autheurs de l'entreprife,
Quoy que le mal fuft en fa crife,
Y trauailloient fi lafchement,
Que fans vne main plus hardie
Qui mit fin à la maladie,
Nous euffions fouffert longuement.

Les Chefs qui poufferent l'orage
Contre le rebelle Party,
Craignoient qu'en vn mefme naufrage
L'Eftat ne fe vift englouty;
De peur des Syrtes dangereufes
Qui rendoient ces coftes affreufes,
Ils n'ofoient faire aucun effort;
Quand pour le bien de cet Empire
Tu pris le Timon du Nauire,
Que tes foins ont conduit au Port.

Sans l'ayde d'vn Sinon perfide
Semblable à celuy d'Ilion,
Tu forças deſſous noſtre Alcide
Le Fort de la Rebellion:
Cette Digue ſi memorable,
De qui la ſtructure admirable
Fut vn ouurage plus qu'humain;
Et ces ſoins teſmoins de ton zele,
Qui firent tomber la Rochelle,
Sont-ce pas des coups de ta main?

Tandis qu'on forgeoit le Tonnerre
Qui mit en poudre nos Titans,
L'ingrate & ſuperbe Angleterre
Remplit nos Ports de Combattans;
Leur facile abord dans la France
Leur fit conceuoir l'eſperance
De porter la Guerre en ſon ſein;
Et les langueurs par qui la Parque
Aſſiegeoit noſtre Grand Monarque,
Appuyoient leur laſche deſſein.

B

Ces accidens dont l'importance
Sembloit nous rendre malheureux,
Pouuoient esbranler la constance
Des Esprits les plus genereux :
Mais ton cœur par tout inuincible,
Qui ne trouue rien d'impossible,
Souftint ces orages diuers ;
Le ROY guerit, & de tes veilles
Partirent ces grandes merueilles
Dont le bruit remplit l'vniuers.

Combien de funestes pratiques,
Dont on croyoit renouueller
Nos seditions domestiques,
Ton bon sens a sceu démesler ?
Tes yeux tels que ceux de Lyncée,
De la plus secrette pensée
Penetrent tous les mouuemens ;
Et quelque esloigné que puisse estre
Vn attentat contre ton Maistre,
Tu préuois ses euenemens.

Le Piemont à Milan s'allie
Pour opprimer vn Potentat
Qui nous vid forcer l'Italie
Afin d'asseurer son Estat :
On creut que ces Roches chesnuës
Qui s'esleuent jusques aux nuës,
Arresteroient nos Estendars :
Mais par tes veilles infinies
On vit les Alpes applanies
Donner passage à nostre Mars.

La force de ruses pourueue
D'vn Camp contre nous irrité,
Ne pût empescher qu'à sa veuë
Pignerol ne fust emporté.
Casal doit à ta preuoyance
Son secours & sa deliurance
Qui tenoient l'Europe en soucy,
Et ce vieux Genois dont les pieges
Auoient mis fin à tant de Sieges,
Ne pût acheuer celuy-cy.

L'Eridan publie en ſes riues,
Où tes ſoins maintiennent la paix:
Que ſans toy ſes Nymphes captiues,
Seroient dans les fers pour jamais;
Par ton addreſſe ſi fameuſe,
Le Rhin voit auecque la Meuſe
Le cours de leurs maux arreſté,
Cependant que noſtre aſſiſtance,
Sert de frein à la violence,
Qui menace leur liberté.

Par tes Conſeils hardis & ſages,
Les Iuſtes armes de mon Roy,
Dans les ames les plus ſauuages
Impriment l'amour & l'effroy;
Elles defendent l'Innocence,
Contre l'outrageuſe licence
Qui regne en ce ſiecle peruers,
Et luy donnent l'Auguſte titre
Ou de Protecteur ou d'Arbitre
Des Princes de tout l'Vniuers.

Mais tous ces sanglants exercices
Qui t'engagent dans les hazards,
Ne te priuent point des delices
Qu'apporte la douceur des Arts:
Ton Eloquence a tant de force,
Que c'est la plus puissante amorce,
Qui gagne les cœurs aujourd'huy;
Et les Neuf sçauantes Pucelles
Sous l'ombre seule de tes aisles,
Ont leur Asile & leur appuy.

De combien d'Esprits que j'esgale
Aux meilleurs que la Grece ait eus,
Sans ta faueur si liberale
Ignoreroit-on les vertus?
Mes vers mesmes t'ont semblé dignes
D'estre joints aux chants de ces Cygnes
Au nombre desquels tu m'as mis;
Et tes bien-faits par qui mon Ame
D'vn desir plus noble s'enflame,
M'ont rendu les destins Amis.

A quelque rare cognoiſſance
Qu'vn bon Eſprit puiſſe arriuer,
Sans vne puiſſante aſſiſtance,
Il taſche en vain de s'eſleuer:
Combien jadis de riches veines,
Virent à faute de Mecenes,
Leur cours indignement tary;
Et meſme celle de Virgile
N'eut iamais eſté ſi fertile,
Si ſon Prince ne l'euſt chery.

RICHELIEV careſſe les Muſes
Et fay voir à nos Courtiſans
Que ce ſont d'innocentes ruſes,
Par qui l'on peut vaincre les ans:
Elles feront voir ta loüange
Aux bords de l'Ibere & du Gange
Pleine de charmes & d'appas,
Et garentiront ta memoire
De l'ombre eternellement noire,
Qui nous couure apres le treſpas.

Mais dans des trauaux ſi penibles,
Dont pour nous tu portes le faix,
Nos cœurs ſeront-ils inſenſibles
A tant de ſenſibles bien-faits?
Rendrons-nous point à tes merites,
Qui ſont ſans prix & ſans limites,
L'honneur qu'on rend aux Immortels?
Et la France pour ton ſalaire,
Ainſi qu'à ſon Dieu Tutelaire,
Te doit-elle pas des Autels?

PORCHERES D'ARBAVD.